私は
エイリアン

星 麻美

東京図書出版

はじめに

私はエイリアンです。それが私の人生です。

この本は、幼い頃からずっと思っていた自分への違和感の答えを見つけるまでを書いています。

考えることから始まって、苦悩して立ち止まりそこから動けなくなる。そしてまた動き出して立ち止まります。

このようなことを繰り返していると心は大きく揺れ動いて疲れてしまいますが、変化は人生を楽しくさせます。

さらに大きな変化を起こし、人生を楽しくさせるポイントは、自分を知ることにあると気がつきました。迷いが無くなって視野も視界も大きく広がります。自分を知るきっかけはいろいろな所にあります。どんな形できっかけが訪れるのかは分かりませんが、誰かや何かによって変わるのではなく、自分で気がついて人は変化をします。人が変わるのはきっかけです。

私はエイリアンでありながら、人間としての人生を歩んでいます。

目　次

私のエイリアン人生は生まれた時から始まっています。

自分が何者かを知る旅のスタートです。

私は何かを考えたり思い出したりする時は、仰向けに寝て天井を見上げたり、空を見上げたりすることが、とても多くあります。

過去を思い出したり、今や未来を想像するのに、私にとってはとても大切なことで落ちついて考えることができます。

今は過去を振り返ることをしなくなり、今や未来のことで心を躍らせていますが、自分の本を書こうと決めたので、一つ一つ昔の私を思い出していきます。

幼少期

記憶の中で鮮明に思い出せるのは3歳くらいの時からです。

私は朝一番に保育園にいて1人で立っています。

子供の頃から1人でいることは、とても多かったです。

視線の先には2人の女の子がいて、じっと私を見ています。何も言わずにただ私の方を見ているだけです。私は思いきって言葉を発してみたけれど、何も答えは返ってきません。

私が一歩近づいてみると、2人の女の子は一歩下がってしまいました。この出来事は何回かあります。私は親の仕事のために保育園に行く時間が早くて、２人の女の子も早くいることが多くあり３人でいることがありました。

その度に２人の女の子は教室の隅で私をじっと見ていて、近づこうとすると後ずさりをしてしまいます。私はとても切ない気持ちになって、教室から出て泣いていたことがあります。私は何もしていないのに何故かが分からなくて泣いていましたが、２人の女の子は私をいじめたわけでも仲間外れにしたわけでもなくて、私の顔を見る姿は少し怯えるような表情で、私に近づいてほしくないと願っているかのような目を私に向けていました。子供は大人よりも見えない物が見えたりするという話を聞いたことがあります。２人の女の子には私が何か違う姿に見えたのかもしれません。

それとも私の後ろや横や前に何かがいて、驚きや怯えがあったのかもしれません。今となっては2人の女の子とは会うこともなく、理由は分かりません。その時泣いていたのは私だったけれど、本当に泣きたかったのは2人の女の子だったかもしれません。

昔の自分のことを思い出すと面白くて笑ってしまいます。そして笑えるようになった今の自分を嬉しく思います。


保育園は私の集団生活のスタートになります。子供の頃から1人でいることを好み、人と同じことをしたり、団体行動をするのが大嫌いで、協調性や調和を窮屈に感じて、人は何故みんな同じことをするのだろうか？　と常に疑問に思っていました。私は歩み寄ることをしなかったので友達はいませんでした。いつも1人です。

保育園生活の中で、私の性格が大きく現れた出来事がありました。

運動会で鼓笛パレードをやった年がありましたが、運動会に向けて、先生達は私達園児に太鼓を叩く練習を一生懸命に教えてくれます。二つのスティックを持って、右左右左と教わりながら叩いていくのですが、私は何回やってもできません。焦っている先生の姿を感じて、私も焦って叩けなくなってしまい練習になりませんでした。幼い頃からいろいろなことが不器用でしたが、手先を使って何かをすることは、さらに不器用です。

一度に一つのことや簡単なことでも全くできない時もあります。大人になった今でも子供の時と同じまま変わりません。私の脳はどうなっているのだろうか？　とたまに思ったりします。

要領が悪い！　と一言ですませていますが、自分の脳を覗いて見てみたい気持ちでいっぱいです。

1カ月の練習期間がありましたが、太鼓は叩けませんでした。先生が私のために二つのスティックではなくて、一つのスティックだけで太鼓を叩いてみようと言ってくれました。

私は一つのスティックだけで叩くことになり簡単になったので、少し時間はかかりましたが、何とか太鼓を叩くことができました。

みんなは二つのスティックで太鼓を叩いているなか、私は一つのスティックで、親と先生達が見ている運動会の鼓笛パレードが始まりました。1人だけ違うことをしている自分に、恥ずかしさや不安もありません。みんなと違うことをしている自分が嬉しくてワクワクしていました。教えてくれた先生はとても大変だったと思います。一生懸命教えてくれたことにありがとうございますと心から思い、一つのスティックを与えてくれたことに感謝です。できなかったことは気にしていません。私らしい性格が出ている良い思い出です。

私の不器用な性格からなのか、出ているオーラなのか、目立つような言動をしていたわけでもなかったのですが、子供の頃はよくいじめに遭っていました。

いじめのきっかけになる言動を考えても分からず、見た目なのか？　とも思い、自分を見てみましたが外見に変わった所はありません。周りからは違うふうに見えるのか？　それともいじめに遭うことは私の人生に与えられていることなのか？　いろいろ考えたことがありましたが、絶対的な答えは見つかっていません。

幼少期の保育園時代は、私は近所に住んでいた年上の女の子に出会う度にいつも睨まれて追いかけられていました。

「すぐに逃げる！　逃げるんじゃねぇーよ！」

と叫ぶ声とともに、必死で逃げて家の中に駆けこんでいたことを思い出します。

いつも周りを気にしながら外を歩いていて、見つかると睨まれて追いかけられるの繰り返しです。ゲームの世界のように立ち向かって、剣を振りかざして会心の一撃を与えることができるのであれば最高ですが、現実はそうもいかずに逃げることで回避するしかない状況でした。この出来事は小学校に上がるまで続きましたが、小学生になったと同時に無くなりました。

小学生時代

小学生の時は、時々集団登校や集団下校もあったので、近所の子どもと一緒に学校へ行って帰ってくることがありました。私を追いかけてきた女の子は私が1年生の時に6年生だったので、一緒に登下校をする期間は1年間です。

ずっと私は女の子の様子を見ていました。

いつもどうやって逃げようか？　それればかり考えていて、石や木が落ちているのを見て、女の子に捕まりそうになったらこれで攻撃をしようとか、分かれ道や裏道があったりする場所では、この場所だったら逃げやすいだろうと考えたり、誰かの家に飛び込むのもありだと、頭の中をいっぱいにしながらいろいろなことを思っていました。恐くて嫌だと思いながらも楽しんでいたのかもしれません。いろいろと考えてはいましたが、女の子には追いかけられることなく1年間は終わりました。女の子の様子を見ていた1年間でしたが、同時に私は学校ではいじめに遭っていました。

小学生になった初日に、席が前の女の子にいきなり足を踏まれたのが始まりでした。

いつも「邪魔」だと言われて足を踏まれたり押されたりが毎日の日課です。

数カ月続いて私の中でも限界がきていました。ある時女の子はロッカーの前に立っていました。女の子のロッカーは上にあり私のロッカーは下にあります。私はロッカーの中にある物を取ろうとしていましたが、「取ってみれば」と私に挑発的な言葉を投げかけてきたのに対して、その時は異常な怒りを覚え、自分が雷にでもなったかのような形でビリビリと光って体が熱くなりました。ずっと黙ってきた私だったけれど、「どいて！」と言って女の子をめいっぱい押しました。心の中でずっと我慢してきたことを私は女の子に向かって吐き出していましたが、私の記憶の中では音の無い世界で、私と女の子の光景は見えますが、何を言っているのかは分かりません。

女の子はすごくびっくりした顔をしていたけれど、私は荷物を取り席に戻って満足そうに笑っています。

私は女の子に何を言っていたのだろうか？

音が無いだけなのか、私には分からない言語なのか、考えても分かりませんが、とても不思議な出来事でした。それ以来、女の子との戦いは終わりになり、席も離れていじめはすっかり無くなりました。


私の小学生生活は日々過ぎていきますが、私には友達がいませんでした。

周りを見渡して、この子達は仲良しで、あの子達はいつも一緒にいるなと思いながら席に座って眺めていました。その時はただ思っていただけで、友達が欲しいとは思っていなかったのでいつも1人でした。私は友達を作ることよりも図書館が大好きでした。

図書館の本の匂いと静かな空間の中にいると心が落ちついて、その場所で本を見ることがとても楽しくて、図書館に惹かれる心に引っぱられながら通っていました。その頃の私の友達です。

私は学校だけではなく家でも1人でいる時間は多くありました。親は働いていて私は一人っ子なので、1人でいるのは慣れたもので楽しく遊んでいました。

外では人の表情やしぐさを観察してみたり、歩いていると自分の影が見えますが、それが異常に気になって自分の影に向かっていろいろなポーズをしていました。空を見上げて雲の流れを眺めたり、鳥が飛んでいるのを見たりもしていました。テレビを観るのも大好きで、子供の頃からニュースやドキュメント番組や時代劇なども好み、アニメやドラマも幅広く観ていました。見たり感じたりしたことを想像して妄想するのが一番大好きな遊びでした。頭の中の想像や妄想は年齢を重ねるごとにさらに大きくなっていきます。

小学校3年生になった私は、なんと！　初めて友達ができました。どうやって仲良くなったのかは全く覚えていません。ふいに私の目の前に現れたような感じで、彼女と楽しく遊んでいる姿だけが、今でも鮮明に記憶に残っています。言葉でも行動でも物でもいろいろと見つけて、笑いに変えて大はしゃぎしながら騒いで大笑いしていました。

私と彼女の性格は全く違いますが、2人の共通点だと思っています。

彼女との楽しみの中で、短い物語をお互いに書き合って見せ合うことがありました。

中身は「笑い」が一番のテーマです。

クラスメイトを全く違うキャラクターに変えて面白人間にしてみたり、全く関係のない恋愛的なものを入れてみたりして、内容は非現実的でめちゃくちゃでしたが、お互いに書いたものを交換して狂ったように騒いで大笑いするのが大好きでした。次はどんなことを書こう！　どう書いたら自分も彼女ももっと面白く楽しくなるのかを考えるのが楽しくて、非現実的な世界に入り込みワクワクしながら、想像を頭の中や心の中に膨らませて、幸せの光に包まれながらいつも書いていました。

現実に起こらないことを楽しく思うようになっていく私は、現実に起こったら絶対に楽しいはずだと、毎日楽しいことを考えて想像して妄想して、家でも外でもニコニコしていて、夜寝る前に考えると興奮して眠れない夜も多くありました。アニメや特撮ヒーローの番組を観ていると、その世界では私が全く体験したことがない出来事がたくさん起こっていて、動物や植物や空や雲も人間の言葉を話したり、空を飛んだり、どこでも移動は自由で過去や未来にも行けたりもします。どれだけ高い所から落ちても怪我もなく死もない、いろいろなことがありの世界で、考えていると楽しくて心が躍って体全体が熱くなります。特撮ヒーローの純粋に悪から地球を守りたいと正義を貫いていく姿はブレがなくて、その強い思いは私の心に大きな刺激を与えてくれました。

私は『ドラゴンボール』の孫悟空が大好きです。純粋に戦うことが大好きで、常に上を目指して決して諦めることなく、いつもワクワクしながら立ち向かっていく姿は、私の心を大きく動かしました。私も常に前を向いている夢のある人間でいようと決めていました。大人になって見失ってしまった期間は長くありましたが、今は子供の頃の私以上の気持ちを持っています。

物語を書き合った友達とは今でも交流があります。十数年疎遠の時期もありましたが、何か縁が結びつけてくれているのかもしれないです。

私はこの頃から大人とはどんな世界だろうと考えることが多くなって、今の思いを持つ私はいなくなってしまうのではないかと不安になることがありました。大人とは？　毎日疑問に思いながら、私はその時を生きていました。私の中で見えた大人は心が忙しそうで楽しそうには見えません。日々の日常のやるべきことを坦々とこなしているように見えて、大きな変化を望まないようにも見えました。

誰かと一緒に話をしている時は笑っていて楽しそうにも見えますが、本当の笑顔ではなく疲れた笑顔に見えて、私は少し恐くなったりもしていました。みんな違う人間で違う感情を持っているはずなのに、自分の個性を抑えてしまっているから、私にはみんなが同じに映っていました。私は自分らしさを貫いて生きたいと、心の中でいつも呟いて全身で感じる恐さや不安を消し去ろうと必死でした。

この気持ちを持っているのは私だけだろうか？　学校の教室で周りを見渡しても、廊下や階段ですれ違う人を見ても、私と同じ感情を持つ人間がいないと感じ取ってしまい、誰にも言えずにいました。

自分に疑問や不安を持ちながら私は大人に向かっていきます。私は何者だろうか？　と感じるようになったのもこの頃からでした。

10代に入り小学校5年生になった私は、またいじめを経験することになります。今度は2年間もあってとても長く感じました。クラスの女の子は三つのグループに分かれていて、二つは完全なるグループで、一つはグループに属していない人が数人いて、私は1人でした。

物を隠されて取られてしまったり、行く手を阻まれて邪魔されたり、上履きや靴に画鋲や水が入っていたり、私をいじめている本人は自分の物をわざと隠して、物が無くなってしまったことを私のせいにして仲間を引きつれて大騒ぎです。何もしていないのに、何故私はいじめられるのだろうとよく思っていて、学校へ行きたくないと思う気持ちと、負けたくないから行こうと思う気持ちと、交互に心が入れ替わっていました。心の中で不安や不満に思いながらも、私は誰にも言わずにひたすら毎日学校へ通い続けました。

後々になりますが、私へのいじめの原因が分かったと感じました。いつも私をいじめていたのは一つのグループのトップの女の子で、いつも7人で行動をしていました。私に何かを言うのはトップの女の子で、他の女の子達は黙って見ているだけでした。私が何かをされる時は、トップの女の子がみんなに指示をしていて、女の子達のやらされている感がすごく伝わってきました。私は見ていてかわいそうだと少しだけ思ったりもしたけれど、女の子達は自分で望んでその場所にいるのだと思い、私は何も言いませんでした。私はトップの女の子に何かをしたわけではなくて、私は自分の意見を言っていました。普通のことを言っていただけなのですが、意見することが気に入らなかったのだろうと思っています。グループの女の子達は、自分の意見は何も言わずにトップの女の子の様子を窺いながら従っていました。

一般社会でも上司がいて部下がいますが、上司の様子を常に窺い、上司の言葉は絶対的であるかのように自分の意見を言わずに相手を立てる。そんな会社と一緒に見えます。自分らしく生きたい私にとってはとても窮屈ですが、その考えを良しと思う人もいます。考え方は十人十色で、何が正しいか正しくないかなんて決められないけれど、私は協調性や柔軟性を持ちたくない人間です。人間として生きてきて少しだけ知りましたが、人に合わせて生きることは大嫌いで、みんなが右を向けば左を向きたくなります。

風当たりが強い時もあるけれど、波に逆らって生きていくのは100%の自分で生きられるのでとても楽しいです。いじめられていた2年間、毎日が嫌だと思いながらも、どうしたらよいか分からずに辛いと感じることも多くあったけれど、学校へ休まずに通ったことを思い出して、「よく頑張ったね」と私は自分に言います。私の心を一番知っているのは自分です。自分のことを褒めて癒やしてあげることで、昔の嫌だったことも浄化されて懐かしい思い出となります。グループの結末ですが、グループから抜けたいと思う子が1人そしてまた1人、抜けようとして嫌がらせをされているのを見ました。最終的にトップの女の子は1人になってグループは崩壊です。

トップが駄目な人だとすれば、いずれは壊れるようになるのだと私は見ていました。

小学校を卒業する日が来ました。私はずっとニコニコしています。理由は分からずに表情しか覚えていないけれど、いろいろあったからこそ小学校を卒業できた自分に満足したのだろうと思っています。過去を思い出すと、表情は覚えているのに、何を考えていたのか思い出せないことがあります。私の心は単純と複雑の両方が秒刻みで変わるので、自分で何を考えているのか分からなくなったり、大人になるにつれて自分自身の心のコントロールも極めて大変だったりもしました。

自分は何者だろう？　と常に考えていて、鏡の自分に向かって問いかけることが増えていきました。

中学生時代

中学生になった私は環境も変わり、いじめを受けることはなくなりました。相変わらず1人でいることは多くありましたが、お話をしたり一緒に行動する友達ができました。ただずっと一緒にいたり行動することはできずに、休み時間は本を読んだり、考えることが大好きなので1人でいました。家に帰れば、絵を描いてみたり詩や日記を書いたりする毎日を送っていました。

中学生の頃になるとさらに自分の世界を持つようになっていって、頭の中で想像も妄想もたくさん膨らませて物語を作ります。夜寝る前に考えたりすると、何とも言えないワクワク感で興奮して眠れない日もさらに増えました。自分を知りたかった私は、逆境に立ち向かって乗り越えていく自分をよく思い描いていました。

いろいろな人間が私を押さえつけようと、動きを止めるために、私の前に立ちはだかってきます。私はその動きに対して剣を持ち盾を構えて、光がある方向へ真っすぐに向かっていきます。

辿り着いた私はキラキラ輝く光に包まれて笑顔でピースをしています。ゲームをしているようですが、まさにその通りで、その場所に止まっていたら自分を知ることはできなくて変わらない、戦わなければやられてしまうから、自分を手に入れるには進むのみで、辿り着いた先で本当の自分を知り気づきを得られます。私は心の中で自分を分かっていたけれど、成長するにつれて難しいと感じることが増えて、私は私だし誰にも支配できないしされないと思っていましたが、生きている現実と自分の望む想像のギャップを少しずつ感じていくようになってしまい、私の心の弱さを成長とともに痛感していきました。

学生の頃は、学校と家の往復の繰り返しで、関わる人間も少なく行動範囲も狭かったりもしたので、未来の自分を感じて立ち止まることもありましたが、まだ漠然とした不安でした。

私は現実世界も非現実世界も一緒です。自分が心の底から考えて願ったことは必ず叶うと思っています。予感が的中したり思っていることが実現すると、私は天才だと思いながら鏡に向かって笑顔で話しかけていました。

喜ぶ気持ちが私をパワーアップさせて、好奇心と頑張る気持ちを起こさせ、それが輝きになって大きな自信になります。10代の頃の私は真の思いは現実化する、いつもそう思いながら自由気ままに生きていました。自分を楽しくさせる思考はとても大切だと今はさらに感じています。目を閉じている間に人の短い一生は終わってしまうから、楽しまないともったいないです。10代の頃の私の頭の中は想像や妄想で肥大していきます。学校や家での現実世界を生きていますが、頭の中では非現実的なことをたくさん考えているので、いつ私の頭の中の思考は現実化するのだろうか？　といつも楽しみに思っていました。ただ現実に戻ると、私の思考を目の前で起こすのは難しいのではないかと思ってしまう自分が成長するとともに出てきて、心の不安から、思考にストップをかけるようになっていきました。

芽生えた葛藤

私は1人しかいませんが、大人になるにつれて心の中にもう1人の私が出てきます。

枠の外で楽しんでいるいつもの私とは別に、枠の中に入っていこうとする私が出てきます。二つの心は一日の中で激しく入れ替わっていきます。成長するにつれて視野や行動も広がっていった私が見たことは、忍耐や我慢、人に合わせて動く協調性や柔軟性でした。それに何の意味があるのだろうと思うと同時に、私も人や周りを気にして、みんながYESと言えば私もYES、本当はNOだったとしても言わない自分が出てきました。日々心の葛藤で自分らしくなくなり、不安や怒りで心が支配されてしまうのが恐くて、私は自分が無い人間にはならない、私は私らしく生きると闘っていました。学校や日常生活で共存して合わせている自分もいれば、抵抗して逆らう自分もいて、立ち向かおうとすると親や学校の先生から注意をされたり、周りからも変わり者と言われて、何を考えているか分からないという声が聞こえたりもしました。

人の言葉や周りを気にするようになった私は、自分らしくなく心が縛られて窮屈に感じて苦しかったのに、それでも自分を抑えようと日々格闘していました。幼い頃を思い出して、いじめを受けていた時はもっと辛かったはずなのに、その時の私の方が自分らしく生きていたと思う自分まで出てきてしまい、自分を初めて嫌いになった時でした。学校の教室の席で私は周りを見渡して、自分らしくない自分が窮屈だと考えて悩み、日常と闘っている人はいるだろうか？　とよく思っていました。私にはみんなが日常を普通に過ごしているように見えてしまって、私が変わっているのだろうか、私は複雑な人間なのだろうかと、自分を追い込んでいきました。

考え過ぎて苦しくなると、もう1人の心にいる私が出てきて奮い起こそうとします。盾を持って身構えている私ではなくて、とても勝気で輝く目を持ち剣を振りかざして前に進んでいる私の姿が目の前に映し出されます。私にとってはとても心地の良い光景です。自分を守り人に合わせて、自分の意見も言わずにいつも隠れてしまって、一見、協調性も柔軟性もあるようだし、周りのことを考えているように見えるのが盾を持つ私です。誰に何を言われても100％

自分の意志で行動をして、人に理解されなくても自分の信念を必ず貫いて進む剣を持つ私がいます。二つの感情がめまぐるしく毎日入れ替わっていましたが、剣を持つ自分が出てくると心が落ちつきました。私は大人になっていくにつれて、さらに自分を知りました。

大勢の人が集まる場所が嫌いで、一緒に何かをしたり団体行動をするのは苦痛でしかありませんでした。閉じ込められているようでいつも逃げ出したくなります。家でも学校でも1人でいることが多かった私は、人とのコミュニケーションの壁に大きくぶつかります。

人に説明ができなくて相手に届かないことも多く、焦りや緊張から手汗が止まらなくなったり、最終的には頭の中でパニックを起こして思考が止まって黙ってしまうこともありました。

大人になって社会人として働くようになると、人との会話も増えて、話に応じて言葉で表現したり行動したり、人との集まりがあったりと、協調性や柔軟性の必要さを強く感じて、私にとってはどれもこれも大変なことばかりです。私はただ100%の自分でいたいとずっと思っていました。その一つのことができないと思い込み、大人になって見た光景に不安と焦りを感じてとても恐くなってしまっていました。私は崖の上に立っていて一歩進んだら転落です。私は足を止めました。

私は周りから、何を考えているか分からない、情に乏しくて感情が伝わってこない、声をかけにくく近寄りがたい、そんなことをよく言われました。いつも余裕もなく焦っていて、人が近寄ってくるのを嫌って距離を置きたがる傾向が強くあったり、目を合わせて話をすることも苦手として感情を上手く出せなかったりもしたので、そう思われても仕方がないと思っていました。合わせようとすると偽りの嘘だらけの自分になり、さらに人に違和感を与えて私は空回りをして日々疲れていました。

ただ崖からは落ちなくて正解でした。

私は10代の頃に、自分の人生は長くて30年くらいで終わるだろうと思っていたことがあり、いつも全身に重さを感じていた私は、充分に生きたとよく呟いていました。30歳の年齢を超えた私はまだやり残していることがあるから人間として生きています。崖から落ちる選択をしたら、私はすべてを振り切って突っ走っていたと思います。人間なんて社会なんてどうでもいいと勝気な態度で非難されることも多く、世間からの風当たりも強かったと思います。私はそれでもいいと貫いて30年の人生を終える。そんな人生になっていたと思います。自分は貫いているかもしれないけれど、一つ足りないことがあります。楽しさが全くありません。ただ必死に立ち向かっているだけで、楽しむことが全く足りませんでした。何をするのにも心が満たされる楽しさが大事で、逆境も楽しく思えれば最高です。崖から落ちていたら楽しさを知った今の私はいません。これから残りの人生をもっと楽しくしていきたいから、立ち止まる選択をして本当に良かったと心から思っています。過去の私は、自分と周りとは何かが違うと感じたり、周りと同じようにしなければいけないと、不安と焦りで心が勝手に忙しくなっていて、生きていくのはイバラの道だと思い込んでいました。

私の目の前には頂上が見えないくらいの高い壁があり、空は真っ黒な雲で覆われていて、雨が降り風が吹き雷が鳴っている状態でした。恐さと不安が先に立ち、このまま登らなくてもいいのではないかと考える自分と、登らずにこのままの私で進んだら、暗い闇の中にずっといて人間としては生きていけないことを恐いと思う自分がいました。止まる恐さと進む恐さの両方を抱えながら、気持ちが半分なら途中まで登ってみようと決意して少しずつ登り始めました。

とまどいや焦り、不安や不満といろいろなことを抱えながら、私は自分を求めて進んでいきます。人に合わせる・人を助ける・人を思う。人間としての感情を学ぶことで私は何かを知ることができるのではないか？　そんな気持ちでいました。周りを気にしたり見たりしながら、少しずつですが人と合わせることができるようになりました。人を手助けするサポート力も身に付きました。ただ人を思う感情はとても深くて難しい壁です。よく分からないために人の真似をしてみると、思いが伝わってこないことや、本当に思って話をしていないと言われたりしたこともありました。私の言葉は淡々としていて重さもなく感情を上手く出せずにいました。指摘をされても分からずに困惑の日々は続いて、頭や心で理解に苦しみながらめまぐるしく毎日は過ぎていきます。過ぎていく毎日の中で、悪戦苦闘をしながら私は人間らしさを少しずつ知っていきました。

ただ、しばらくは本当の私が姿を隠します。

消えた私

子供の頃から、私は本を読んだり、詩や日記を書いたりしていました。読んだり書いたりしながら、いろいろなことを想像してさらに妄想することが大好きです。最高に自分をドキドキさせてワクワクさせてくれます。

ある時、想像や妄想をしなくなり、常に高速回転していた思考が止まったと感じました。

空を見上げることが好きな私も、鏡に向かって話しかける私もいなくなります。

自分と向き合うことをしなくなったために、自分を高めることや、自分は何がしたくて自分は何者なのか？　ずっと思って考えてきたことに私は蓋をしてしまい、自分らしさがなくなって、すべてが無の時でした。

壁を登っていると雨に濡れて冷たい風にも吹かれて雷も落ちて、時には槍や剣も飛んできたりして落とされそうになったり、動けなくなったりしながら私の時間は過ぎていきます。過去の私が横に現れて、ここで何をやっているの？　と急かすように私に言い、軽々と上へと登っていく姿を下から見上げて羨ましくて悔しく思いました。私はいつ頂上に辿り着けるのだろうか。急かされる度にそう思う自分がいましたが、蓋をしてしまった自分に答えは見つかりません。

人との関わりが増えた私はたくさんの感情を知りましたが、迷路の中でさまよっていました。人の言葉や行動は私の心の中をかき乱したり、止まらせたりすることもたくさんありました。動けないことに焦りを感じて中途半端に行動しようとすると、空回りしてさらに自分を追い込み、心がいつも疲れてしまっていて、自分への気づきには程遠くなっていました。私は迷路の中で長い期間を過ごしました。過去を思い出すと嫌な日々だったと思うこともありますが、迷路にいたからこそ知ったことがあります。生きている中で、思考のエンジン・行動のアクセル・停止のブレーキの三つがあります。私はエンジンとアクセルは持っていますが、ブレーキは持っていませんでした。

今も持ってはいないけれど、停止することを知らなかった私は、一度立ち止まり周りを見渡す協調性と柔軟性を知ることができました。

ただ周りからどう思われているのかと考えてしまうことは、動きを鈍くさせたり停止させてしまったりするので、そのブレーキは不必要だと強く感じました。思考の針をフル回転させて針が光ったらすぐに動くことです。

人は100%の自分で、自分らしく生きるのが一番楽しくて輝いていると私は実感しました。

あと、自分を好きになることはとても大切です。自分のことを好きになれないと前には進めません。気づきもなく困難に立ち向かい乗り越える力も生まれなくなってしまいます。

自分を好きなことは大きな自信に繋がります。自分と周りの違いにとまどいや苦悩したことで、自分に蓋をしてしまい本当の自分を隠して、心が振り回されてしまった矛盾だらけの私も、今は良き学びだったと思えています。

でも過去を思い出すと少し切なくなります。過去の私を本当に良かったと思えるようになりたいから、私は前だけを見て突き進むのみです。

私はエイリアン

私の壁登り生活は10年以上と長く続きましたが、その生活に終わりを告げる大きなきっかけがやってきました。子供の頃から、自分は何者なんだ？　と自分探しをしていましたが、その答えに気づかせてくれた三つの言葉に出会いました。私に向けられての言葉になりますが、時期も人もそれぞれです。三つの言葉が一つずつ重なり結び合わさって、私は大きく変わって気づきを持ち自分を知りました。

一つ目のきっかけの言葉ですが、「全身から雷が出ているように ビリビリと光って見える」と私のことを言葉で表現した人がいました。言われたことのない初めての言葉に心が止まって考え出したら、今の私ではなくて昔の私だと直感で思いました。子供の頃いじめられていた時に、自分が雷にでもなったような形で反撃をした不思議な経験を思い出して、立ち向かっていった自分を誇らしく、心地良く思ってとても懐かしい気持ちになりました。そして私は、今の自分でいたらこの先後悔しか残らないと思うようになって、心が大きく揺れ動いていきました。

自分を隠そうと一生懸命になっていた私の閉ざした蓋が開いて、心と言動に変化が出てきたことを自分でも感じながら、昔の私とは違う自分のことを知っていく私がいました。人から見られる印象も言葉も変化をしていった私のことを、「変態宇宙人」だと面白く言ってくれた人もいます。二つ目のきっかけの言葉になります。とてもストレートな言葉で充分過ぎる答えに納得したので、何一つ疑問に思うこともなく私だと思い、面白くてひたすら笑っていました。

変態でありながら、さらに宇宙人である人間の私。残りの人生で私と同じような人間に出会うことができるのだろうか？　探してみたいワクワク感が生まれて楽しくなりました。

鏡の自分に向かって「変態宇宙人」だと言われたことを笑顔で話しかけていました。鏡に向かい話しかけるのも随分と久しぶりです。

そして三つ目のきっかけの言葉ですが、「私はエイリアン」だと言われました。
スピリチュアル的な話になりますが、見た目は人間だけど、中身である魂はエイリアンだということです。その言葉に納得をした私は、二つ目のきっかけの言葉を思い出して、違う言葉だけど中身は一緒だと思い、私は人間ではあるけれど人間ではない、だから私は自分のことを何者なんだと常に疑問を抱えていたことに初めて気がつきました。

私は人とは馴染めなくて1人でいることが大好きです。人と同じことをしたり、人に合わせることが大嫌いです。周りと自分の感情の大きな違いや、大きな欠如を感じて分からないと思う気持ちもたくさんあったり、思考が止まってしまい言葉が出てこなくなり動けなくなる時もあります。人との会話で焦りと緊張から、手から滴り落ちるほどの汗と、全身からも汗が止まらなくなり、落ちつかなくてその場から逃げ出してしまうこともありました。1人になりたくて自分の部屋に引きこもってみても落ちつかなくて、部屋の中でずっと立っていたり、部屋の隅に座ってみたり、椅子の上に立ったり座ったり、部屋を出て階段に座っている時もあったりと常にソワソワしていました。誰かといても1人でも私の全身はフル活動です。そのために疲れやすさも感じていて、体は休みたいと言っているけれど、脳や心は求めていなくて、何かを求めて私は飛び出しているような毎日です。体と心が全く一緒にならない違和感を私はずっと感じていました。

分からない違和感を知りたいと思って毎日を生きていたけれど、

生きていく中で見た光景でいろいろな感情を知った私は、さらに複雑に考え出して勝手に迷路に入り込み、これが私だと思い込ませて抑えてきましたが、さらに自分を失うことになって私はいつも中途半端でした。

時を経て出会った三つの言葉が、本当の自分を思い出させるように一つずつ重なって、自分を知る大きなきっかけに繋がりました。

子供の頃に三つの言葉に出会っていたら、意味も分からずに言葉の響きにワクワクして、突っ走るだけの人生でしたし、大人になった時に出会っていたら、さらに自分を嫌いになり追い込んでいました。たくさんある感情に悪戦苦闘しながら日々を過ごしてきた今だから、言葉の意味がとても心地良く、嬉しくて楽しい気持ちになって理解できたのだろうと思っています。自分自身を知ることができた私は子供の時以上に想像や妄想が復活しました。自分に気づきを持って知っていれば、これからの人生は楽しさやワクワクすることがたくさん待っていて、悩んだり迷ったりする時がきても、何も恐くないし立ち止まらずに前に進むことができると大きく感じて、私の戸惑いや不安は消えました。

周りと一緒の考えにならないといけない。

周りと一緒に合わせないといけない。

いつだってそのように思い込ませようとしていた自分はとても窮屈で苦しかったです。

100%の自分でいる時に自分らしさを最大限に発揮して輝きます。

奇人変人でも、変態でも宇宙人でもエイリアンでも、それが私なら一番です。

100%の自分で

私は何者だろうか？　ずっと考え続けてきた日々に答えが出ました。私は長い年月をかけてずっと壁を登っていましたが、自分自身を知ることができた今、登る必要性もなくなり下りても意味がないと思ったので、自分の壁を爆破してしまおうと考えました。目を閉じて深い深呼吸をして、壁が大爆発して粉々に吹っ飛んでしまう想像をします。大爆発の光に包まれた私は笑顔ではしゃいで飛び跳ねています。想像も自分を高める妄想も完璧になった私は、壁を登るのを止めて深い深呼吸をします。

そして「壁なんて粉々に吹っ飛んでしまえ！」と大きな声で叫ぶと、壁が少しずつ崩れていって大爆発が起こりました。凄まじい大爆発と大暴風で、自分を抑えつけてきた私の心がすべて飛び出しているように見えました。爆発した壁と光と風と共に私は宙に浮いていてゆっくりと下降していきます。

とても嬉しくて楽しくなって笑いが止まりません。気持ちは最高潮に上がって、ワクワクと興奮ではしゃぎ回り、今までに味わったことのない解放感を全身で感じながら、私は地に足を付けました。

自分の両足が地にしっかりと付いていて、心も地に付いていると深く思い、体と心の二つが一緒に自分の地にいることを初めて実感できました。周りを見渡すと壁は消えてしまって何もありません。

黒い空は消え去って、雨も降っていないし、風も吹いていないし、雷も鳴っていません。透明な広い世界が目の前に広がっています。私は自由になったことと私は自由でいいのだと大きく感じました。

今から私は人生を終えるまで、この透明な広い世界に自分色を付けて、道や建物を作ったりして、自分の思考を最大限に楽しませる面白く楽しい道にしていこうと決めました。

立派な建物でなくても、完璧な道でなくても全然いいと思っています。

完璧という言葉は素晴らしいかもしれませんが、完璧すぎると、崩したり壊したりするのがもったいないと思う心理が出てきそうな気がします。もし崩れたり壊れてしまったりしたら、頑張って作った自分にイライラしてしまったり、思考と行動を止めてしまうこともあります。不安や不満に陥って心に余裕が無くなったり、固定観念が強くなって自由で楽しい発想や行動ができなくなってしまいます。建物が逆さまになっていても、道が盛り上がっていても、落とし穴があっても何でもいいです。思考も行動も100%の自分で楽しんでいるからこそ人は輝けます。何よりも自分らしくいるのが一番だと思っています。

心の底から本当に望んでいることなら突き進むのみです。周りを気にして立ち止まってしまい何かに迷う気持ちが出てきたら、目を閉じて深い深呼吸をして、今自分の身についている学校や仕事、友達や恋人や家族、今置かれている状況で自分以外をすべて外して自分だけになったら、本当の自分は見えてくると思います。

人はいろいろな感情があるので、考え方は人それぞれです。だから建物が逆さまになっていることや道が曲がっていることを間違っていると否定する人や、馬鹿にしてけなしたり、かわいそうと哀れむ人もいます。もし、自分も間違っていると本当に心から思ったのなら直せばいいと思いますが、自分がいいと思ったことでしたら、言われた言葉について考えたり悩むことなんてありません。

自分は間違っているのだと思ってしまったら、自分を否定することになってしまい、不安や恐怖で止まってしまいます。

自分の思考を建物や道で表現しましたが、自分が望んで楽しく作り上げて出した答えでしたら100%の自分らしさと心が満たされてとてもワクワクします。

自分を認めることで、否定してしまう自分は消え去り不安や恐怖が無くなります。そして人は自分らしく生きていけます。とてもシンプルなことです。自分を抑えたり否定したりして、人に合わせようとすることの方がとても大変だと感じました。自分らしく生きていけば人生を終える時に後悔しないと思っています。

私は子供の頃から、変わっていて何を考えているか分からなくて理解できないことや、言語障害や発達障害のような強めの言葉を言われたこともありました。

自分が何者なのか？　子供の頃からずっと考えていた私は周りとは何かが違うと感じていて、周りも私に対して何かが違うと感じていました。私は気がつかずに、悩んだり苦しんだり立ち止まったりしていたけれど、自分への違和感も周りの言葉もそれが１００％の私だと思えるようになりました。

自分のことを否定したり抑えたりしていた私も、私に向けられた周りの言葉も大嫌いでしたが、自分を知った今は自分のことを大好きになって、周りの言葉も気にならなくなりました。前の私は何もかも過剰に反応し過ぎて自分を見失い、すべてが中途半端だったので、周りが私に対して思う環境は私が作り出していたのだと強く感じました。

もちろん今も私は変人です。だから私のことを変人と言う人はいます。でも自分を知った今は、変人さを良いと言ってくれる人もいます。変わっていることを指摘された時に、私は自分らしさが100％出せているのだと嬉しく思います。そしてその言葉にとてもワクワクします。人間として社会で生きていくことや協調性や柔軟性を、自分の学びのためだと言い聞かせて、私は一生懸命壁登り生活をしていましたが、私には身についていないことを発見しました。とても不器用な真似や、すごく違和感を感じる心無い合わせ方はできるようになったけれど、ずっと窮屈だと感じていた私の身体には要らないものとして入ってこなかったと思っています。身体中探してもどこにも無いけれど人間らしさを知ることができて、本当の私に辿り着くことができたので心が広がりました。

一言で言えば私は宇宙人です。人間らしくないのは納得です。本当の自分を隠して生きていくのはとても辛かったので、解放されて自由になった私は自分を隠したくありません。私は今の私で人生を終えると決めました。

世の中にはたくさんの人がいて置かれている状況もさまざまです。子供も大人も、辛いこと、苦しいこと、悲しいこと、痛いことなど生きていれば心や体が病む経験はみんなします。

その身体を過去や現在に置いて動かずに止まってしまうのか？それとも未来に向かって動かしていくのか？　自分を知って気づきを得るか得ないかで答えが分かれます。

少しずつ行動をするだけでも考え方を少し変えるだけでも、その時点で自分は変化しているので必ず本当の自分に辿り着くと私は思っています。

いろいろな出来事によって人は動かされます。

動かされると書きましたが、その出来事によって動くのは自分が選んだ思考です。

たくさんの感情があるから、右へ左へ上へ下へといろいろな言葉や行動に、迷って立ち止まって振り回されて答えを見失います。

だからこそ自分自身としっかり向き合い自分を知ることは、自分がどんな状況にいてもどんな人間であったとしても、地に足をつけて自分らしく歩くのにとても必要です。

自分を知るきっかけは世の中にたくさんあります。見つけに行くのもいいですし、待っているのもいいですが、いつも「自分は?」と問いかけてアンテナは立てておいた方がよいと思います。自分を知るきっかけに出会った時に、人は本当の自分に気づいて本物の自分で生きていくことができます。

自分らしく100%で生きるのはとても楽しくてワクワクします。

自分を知ったことで、人と自分を比べて迷いとまどうことも、人の感情が分からずに思考が停止してしまうことも、自分を隠して人に合わせようと悪戦苦闘したことも、頭の中や心がコントロールできずに疲れてしまったことも、そして子供の頃から自分は何者だろうか？　と思っていた日々も、すべて無くなって迷いの無い広い世界が目の前にできました。

過去を思い出す時間に終わりがきました。

過去には何もありません。今この瞬間がとても大事で、今の自分を未来に繋げていきます。今から私は自分の道を、全力で走って駆け抜けて飛んだり跳ねたりして、時には休息をしながら進んでいきます。

自分の道を真っすぐに進んでいけば、私のことを変人と言う人はたくさん増えて、宇宙人やエイリアンだと気づいてくれる人が、もっと増えることを想像してさらに妄想を大きく膨らませて、そして更なる自分への気づきに楽しさと喜びを感じながら、私は不器用な人間としてエイリアンとして、今を笑顔で踏み出していきます。

おわりに

『私はエイリアン』の題名は、自分のことを本にしてみたいと思った瞬間に決まりました。頭に私はエイリアンだと浮かんだので、自分の直感を信じて、この題名から私の執筆生活はスタートをしました。

書きたいことはたくさんあるけれど、どういうふうに書いていけばよいのだろうと、最初は立ち止まってしまいました。

趣味として短い物語や詩は書いたことがありますが、本を書くのは初めてです。頭の上には大きな風船が出来上がっていて、今にもいろいろなことが書けそうですが、大きくなりすぎてまとまらなくなり、最終的には破裂して、短い文章がたくさん散乱した状態になったりもしていました。

まずは、すべて思ったことをノートに書いていきました。そこから自分の昔をゆっくりと思い出しながら、文章を繋げていくことを始めていきました。

自分の昔を思い出していくのは、かなり辛かったです。自分の心がその当時に戻ると、複雑な心境になって涙が出てきたりもしました。書こうとすると、ため息をついてしまって手を止めたりすることも多くありました。

その度に、私は空を見上げて心を落ち着かせてから、また昔の自分と向き合って少しずつ書いていきました。

最初は家で書くことをスタートさせましたが、気持ちが下がってしまい、家の中をウロウロとして落ち着かなくなってしまったので、昔、図書館の匂いが好きだったことを思い出して、図書館に行って書くことを再度スタートさせました。

本の匂いに落ち着いて、昔の自分と向き合えるようになっていきました。本を書いていく中でさらに自分自身と向き合いたいと思い、もっと自分が好きな環境で本を書きたいと考えて、朝一番のカフェを選びました。仕事前の朝一と休日の朝一、私は毎日通い続けました。人が少ない朝早い時間のカフェで好きな飲み物と食べ物を目の前に置いて、店内から流れる曲を聴きながら、自分自身と向き合い本を書く。心が満たされて、さらに自分自身を見つめることができるようになりました。

そこからの私は、過去は今ではないと思うようになり、思い出しても動じない心が芽生えて、土台がしっかりと出来上がりました。

自分を自分自身で満たすことで、人は立ち向かって生きていけることを、さらに気づきとして学ぶことができました。

私は朝だけしか執筆はしませんでした。

人は起きてから眠りにつくまで、いろいろなことを考えています。想像や妄想が大好きな私の頭の中は一日中フル回転です。疲れてくると時々、脳が停止しているかのように動かなくなることがあります。意味不明の言葉や、突然笑い出してみたり、突発的な行動をしてみたりと、壊れている状態に自分が陥ったりもします。笑える話でもあり笑えない時もあります。そのために常に早寝早起きの生活を続けました。朝起きて頭の中が空っぽの状態の方が物事を深く考えることができたり、いろいろな言葉が浮かんできたりして、本を書きたいと思った私にとっては、とても良い時間でした。

初めは、苦しくなって切なくなって、悲しくなり涙が出てきたりもしていた私は、書き終えた時には、これがすべての私だと自分に大きな自信を持ち、笑顔で書き終えることができました。

自分としっかり向き合うことで、今の自分の状況や、長所も短所も、何が好きか嫌いか、自分の癖もすべて受け止めることになるから、逃げたくなることもたくさんあると思いますが、そこから目を背けることを止めて、自分自身を徹底的に見つめて、自分を知ることを見つけたら、どんな自分も受け止めることができると思います。どんな状況でもどんな状態でも、自分の心は自分が作り出して、いつも笑っていられます。鏡には自分の姿が映りますので、たまに話しかけてみて下さい。表情から今の自分を読み取ることができます。

自然に笑顔になれたら、自分らしく生きていて、心が満たされていると思います。鏡を見ることは私のおすすめです。

自分の執筆を振り返り『私はエイリアン』を書けたことをとても嬉しく思いました。

最後に、私の思いを本にして頂いた出版社の皆様と、私の本を手に取って読んで頂いた皆様、ありがとうございます。感謝の思いを込めて終わりにしたいと思います。

「人生は一度きりしかありません。自分を良くするのも悪くするのも自分です。自分と向き合って、今の自分を切り開いて進んでいって下さい。私もさらに進んでいきます」

星　麻美

星　麻美（ほし　あさみ）
神奈川県生まれ。学生時代は山梨県で過ごし、今はインターネットの営業事務の仕事をしている。

私はエイリアン

2016年11月7日　初版発行

著　者　星　麻美
発行者　中田典昭
発行所　東京図書出版
発売元　株式会社 リフレ出版
〒113-0021　東京都文京区本駒込 3-10-4
電話 (03)3823-9171　FAX 0120-41-8080
印　刷　株式会社 ブレイン

ISBN978-4-86641-009-8 C0095
Printed in Japan 2016
落丁・乱丁はお取替えいたします。

ご意見、ご感想をお寄せ下さい。
［宛先］〒113-0021　東京都文京区本駒込 3-10-4
東京図書出版